그대 불면의 눈꺼풀이여

이원규 시집

시 · 사진 | **이원규** 李元圭 1984년『월간문학』과 1989년『실천문학』으로 작품활동을 시작했다.
시집『돌아보면 그가 있다』,『옛 애인의 집』,『강물도 목이 마르다』,
『빨치산 편지』,『지푸라기로 다가와 어느덧 섬이 된 그대에게』와
육필시집『행여 지리산에 오시려거든』을 냈다.
제16회 신동엽창작상, 제2회 평화인권문학상을 수상 하였다.
지리산에서 21년째 시를 쓰며 사진을 찍고 있다.

오후시선 03

그대 불면의 눈꺼풀이여

시 · 사진 | 이원규

역락

지리산은 내 인생의 가장 큰 선물이었다.

어느새 입산 21년차를 맞았으니 '나 여기 잘 살아있다'고 부표 하나 띄우고 싶었다. 10년 동안 4대강 등을 순례하느라 용량초과의 사람들을 만났다. 잠시 몸이 무너지고서야 다시 입산 초심의 자세를 바로 잡았다.

일단 혀를 말아넣고 산에 올랐다. 구름과 안개 속에 얼굴 가린 야생화를 만나고 우리 토종나무에 주렁주렁 매달린 별들을 보았다. 낡은 카메라로 시의 맨 얼굴을 찍어보고 싶었다. 야생화와 별들이 나를 살렸다.

2019년 봄날, 예술곳간 몽유에서
이원규

잠시라도 멈추면 혈관이 막힐까봐

끝없이 내달리는 마지막 기마족을 꿈꾸었네

차
례

1부

굳이 낙법을 배우지 않더라도
꽃잎이나 낙엽이나 고양이처럼 사뿐
내려앉을 수 있다면 사랑은 또 사랑 같지도 않을 것이다

몹시

당신이 몹시 아프다는 말을 들었습니다

아프다, 는 말보다
몹시, 라는 말이 더 아팠습니다

그러니까 당신은 몹시의 발원지
몹에서 입을 꽉 다물고
시에서 겨우 입술을 뗍니다
그날부터 나의 시는 모두 몹시가 되었습니다

걸어서 지구 열 바퀴를 돌면
달까지, 당신의 뒷면까지 가닿을 수 있을까요

얼굴이 몹시 어둡다는 말을 들었습니다

청별항

막막하다는 말은 한사코
내 몸 바깥으로만 내달리고
먹먹함은 내 안쪽으로 스며든다

보길도 청별항의 이별은 맑고 푸르러
살갑게 뒹굴던 몽돌 여인이여
너무 일찍 피어난 동백꽃이여

너의 섬은 먹먹하고
나의 섬은 여전히 막막하고

누군가는 아늑하고 아린 것이라 했다
누군가는 아득하고 아픈 것이라 했다

그대 불면의 눈꺼풀이여

아직은 저혈압의 풀잎들
고로쇠나무 저도 관절이 쑤신다

별자리들도 밤새 뒤척이며 마른기침을 하고
길바닥에 얼굴 처박은 돌들도 소쩍새처럼 딸꾹질 한다

그대 아주 가까이
530리 섬진강도 유장하게 흐르다
굽이굽이 저 홀로 몸서리치고
살아 천년 죽어 천년 지리산 주목
고사목들도 으라차차 달빛 기지개를 켜고 있다

그대 불면의 눈꺼풀이여
서러워 서럽다고 파르르 떨지 말아라
외로워 외롭다고 너무 오래 짓무르지 말아라

섬이 섬인 것은 끝끝내 섬이기 때문

여수 백야리 등대도 잠들지 못해 등대가 되었다

왼쪽 얼굴을 보여줘

언제나 너의 왼쪽에 앉고 싶었어

오른팔로 너의 어깨를 감싸며

슬픈 표정을 숨기려 했지만

네가 먼저 왼쪽에 앉아 먼산만 바라보았지

나는 맨날 들키고 너는 맨날 숨기고

어쩌다 마주봐도 좌우 눈빛이 엇갈렸어

권태기였을까

너의 왼쪽 얼굴에 통증이 왔지

목근육 흉쇄유돌근이 조금씩 짧아져

아래턱의 각도가 오른쪽으로 돌아갔기 때문이야

좌광우도라는 말 들어봤어?

너무 한쪽만 바라보다

봄 도다리는 쑥국 속으로 들어가고

삼월 광어는 개도 먹지 않게 된 거야

갈 때는 가더라도

열두 개의 얼굴 중에서

낯익은 열한 개의 오른쪽 가면 말고

머리카락으로 가린 단 하나의 표정을 보여줘

가서 영영 안 오더라도

저물녘의 시베리아행 철새처럼

잠시 고개 돌려 내게 왼쪽 얼굴을 보여줘

아니 불씨

감히 당신의 허락도 없이
봄꽃들이 마구 피어나면 불안하지, 그렇지?

시린 뼈마디에 오촉 알전구 하나 못 켰으니
눈썹도 입술도 코털도 겨드랑이도
봄바람이 불면 부, 불편하지, 그렇지?
내내 겨울잠의 떡 진 머리카락
꿈속에서도 깊이 잠들지 못하고
끝끝내 질투의 이력서 한 장 쓰지 못하고

진눈개비 내리면 부, 불쾌하지 그렇지?
당신의 이름은 아니 불씨
혼자라도 파전에 막걸리 한 잔 하고프면
아니 불자 하나만 빼봐
여생은 덧셈이 아니라 뺄셈

그 이름 한 글자가 동맥의 면도날, 목울대 조이는 올가미야

부, 불가피한 핑계의 날들이여
불어라 봄바람, 날아라 불나비야

참회도 없이

내게 아직 두 다리가 있어
나처럼 늙어가는 당신을 찾아 헤매는
경중경중 타조 같은, 두 손이 있어
당신을 오래 품을 수 있는, 두 눈이 있어
노안의 당신을 먼저 알아보는, 코가 있어
당신의 냄새 당신의 주파수를 찾는
능소화 같은 두 귀가 있어

보랏빛 스카프를 휘날리던 휘파람소리
당신의 흰 목덜미를 간질이던 강아지풀

추억의 허방다리 짚으며
딴 손의 딴 눈의 딴 입의 딴 귀의 딴 코의
여전히 엇갈리는 딴 마음이 있어
옛 애인의 집 파란 대문 앞에서

보고 싶다 생각하기도 전에 뒷걸음질 치면서도

내게 아직 선명한 당신의 몸 지도 한 장 남아있어
참회도 없이 당신의 혀를 아는 입이 있어

저기 저 당산나무 아래 죽은 박새는
일생토록 빠진 깃털만큼 가볍다 못해 가없다

이제야 좀 알겠다
저기 저 당산나무의 몸무게는
장장 칠백년 동안 버리고 또 버린
나뭇잎들의 총무게라는 것을

버린 만큼 신목의 생탑 솟아오른 것일까
낙엽 위에 그 깃털 위에
두 무릎을 꿇는 늦가을 저녁

그렇다면 나의 몸무게는
어머니 몸인 신생아 때부터 줄줄 흘린
피와 땀과 눈물과 정액

마구 내뱉은 말들의 총무게

겁도 없이 체중감량을 시도하다니!

저 당산나무의 몸무게

저 당산나무의 몸무게

저기 저 당산나무 아래 죽은 박새는
일생토록 빠진 깃털만큼 가볍다 못해 가없다

이제야 좀 알겠다
저기 저 당산나무의 몸무게는
장장 칠백년 동안 버리고 또 버린
나뭇잎들의 총무게라는 것을

버린 만큼 신목의 생탑 솟아오른 것일까
낙엽 위에 그 깃털 위에
두 무릎을 꿇는 늦가을 저녁

그렇다면 나의 몸무게는
어머니 몸인 신생아 때부터 줄줄 흘린
피와 땀과 눈물과 정액

마구 내뱉은 말들의 총무게

겁도 없이 체중감량을 시도하다니!

접
사

네 손을 잡는 순간 우리는 이미 한 그루 연리목이야

야하다는 말 알지?

봄날 맨 처음의 큰개불알풀

연청보라 꽃을 오래 들여다보는 엎드려 자세가 너무 야해

아랫도리 바지가 터져 불알이 빠지도록

100밀리 접사렌즈로 보는 세상은 오직 너뿐이야

비밀의 숲 치마를 들추고

변산바람 꽃의 성기를 들여다보듯이 야해야만

떨리는 나뭇가지가 다른 가지에게

충혈된 눈동자가 눈동자에게

불안한 영혼이 영혼에게

비로소 접 붙는 거야

우리는 지구의 둥근 우리에 갇힌 한집살이 씨짐승

흰 뼛가루 합장될 때까지

봄밤의 섬진강도 너무 야해서 흐르고

말씀의 찰거머리도 야해서 자꾸 네 혀를 빠는 거야

안개

섬진강 안개 속에 서있으면
'쓸쓸한 가축들처럼' 기형도 시인이 옳다

잘 아는 얼굴마저 오리무중일 때
안개는 음모의 소굴인가 목화솜 같은 소문인가
'개인적인 불행일 뿐, 안개의 탓은 아니다'?
겨울안개가 얼어붙어 흰 눈썹이 빛날 때
'취객처럼' 기형도 시인이 틀렸다

세상 어디에도 개인적인 안개는 없다
안개는 크고 흰 날개를 펴고
유정 무정 가리지 않고 알을 품는다

강마을 밤안개 속에서
컹컹 털복숭이 삽살개가 짖고

집집마다 외등이 희미하게 번질 때
포란抱卵이라 명명한 사진가 주기중 선배가 옳다

안개는 흰 두루마기를 입고 반드시 돌아온다

철없는 내 사랑은 무정란이어도 좋았다

마치 씨암탉이 알을 품듯이
천둥벼락이 쳐도 누군가를 품는다는 것은
누가 뭐래도 목숨 걸만한 일

닭벼슬에 철철 피 흐르는 사랑은
이미 오래 전에 끝장났지만
우리 집 암탉은 진신사리 여섯 개의 유정란을 낳았다
행여 줄탁동기의 때를 놓칠 새라
스무하루 결가부좌 하더니
다섯 마리 햇병아리를 세상 밖으로 불러내
새가 아닌 닭의 운명을 가르치고 있다

하지만 아직 열리지 않은 방 안에는
닭알인가 새알인가 폐사한 알이 하나
그런 줄 뻔히 알면서도

날마다 누군가를 품는다는 것은
지구 알에서 태어나 해를 품고 달을 품고
다시 알 하나 품는다는 것은

유정란을 포기한 동성애자처럼
천둥벼락이 쳐도 일단 품어본다는 것은
다시 닭벼슬에 철철 피가 흐르는 일

철없는 내 사랑은 무정란이어도 좋았다

사랑의 낙법

사람과 사람 사이에 낙법이 필요하다
관성보다 더 무서운 것은 없으니
달리는 기차에서 뛰어내릴 때
발바닥이 닿는 순간 같은 속도로 달리거나
자궁 속의 태아처럼 둥글게 몸을 말아야 한다

간이역 아이들은 밀린 숙제처럼
기차에 타고 뛰어내리는 연습을 했다
철교를 건너 꽥꽥 소리치며 기차가 달려오면
솔숲에 숨어 슬슬 몸을 풀다가
간이역 지나며 잠시 속도를 늦추는 순간
죽자사자 뛰다가 물고기처럼 튀어 올랐다

가령 구랑리역을 지나치는 기차가 당신이라면
내 사랑은 가은역 종점에 도착하기도 전에

얼굴에 팥을 갈거나 오른팔이 부러졌다
사랑의 무임승차는 내릴 때 더 위험한 일
굳이 낙법을 배우지 않더라도
꽃잎이나 낙엽이나 고양이처럼 사뿐
내려앉을 수 있다면 사랑은 또 사랑 같지도 않을 것이다

남의 말을 듣거나 말할 때도 낙법이 필요하다
사람에서 사람까지 이승에서 저승까지
순명의 때가 다가오면 스스로
호흡 끊을 수 있는 사람은 몇이나 될까
자주 마음이 철커덕 철커덕 내려앉았다
내 인생의 간이역, 언제나 기차는 무정차였다

이팝나무 졸업식

하도 배가 고파서
하동군 적량면 우계저수지 아래
이팝나무 학교에 들어갔다

3년 전 이팝나무 입학식에는 아무도 오지 않았다
이따금 서당골의 물까치 떼가 날아들고
서어나무 소쩍새가 찾아와 한참을 울다가
저수지에서 물배만 채웠다

차라리 함박눈이 오길 기다렸지만
남도의 겨울 청보리는 더디 자라고
모내기를 하려면 아직 멀었다
적량면 우계저수지 아래 이팝나무 어르신
300년째 내리 고봉밥을
보릿고개 환한 밥상을 차렸지만

여전히 배고픈 영혼의 나 홀로 제자였다

새벽안개 속의 이팝나무 졸업식
우등생은 아니지만 개근상을 받았으니
여왕으로 군림하던 그녀는 감옥에 가고
착한 머슴 하나 그 자리에 모시던 날이었다

한 나무의 제자가 되었다가
아직 어린 이팝나무로 하산 하는 일
한 사람에게 입학하고
한 여인을 졸업하는 일이 서로 다르지 않았다

저격수

카멜레온처럼 길리 슈트를 입고
은폐 엄폐 엎드려 쏴 자세로 이 순간을 기다렸다
당신의 눈썹과 눈썹 사이 명궁에 초점을 맞췄다

나의 운명은 오로지 기다리는 일
망원 조준경으로 노려보다 눈빛 마주치는 그 3000분의
1초
나를 알아채기도 전에 당신은 이미 죽었다
원 샷 원 킬, 아무 통증도 없이 후회도 없이

그런데 지금 당신은 웃고 있다
어쩌면 3년쯤 뒤에나 아플지도 모르지만
금방 저격한 당신을 그대로 두고
맨 처음 올 때처럼 유유히 사라진다

사실 나의 소총은 발사되지 않는다
블랙홀처럼 빛을 빨아들일 뿐
그 누구의 눈썹 하나 건드리지 못한다
아주 잠깐 보여준 당신의 얼굴
그 표정과 눈빛을 일발백중 표절하고 복제할 뿐

2부

세상 도처 언제나 떠날 준비로 도착하니

아무 문제가 없었다고, 단 한 번도 후회해본 적이 없다고

나 때문에

딱새가 죽었다

일곱 살 때 고무새총에 죽었다

나 때문에 감나무가 죽고 엄마가 죽고

도통 말이 없던 늙은 처녀가 죽었다

천수만 말똥가리가 지리산에 와서 죽고

나 때문에 배 속의 아이도 추억도

참회의 눈물도 오는 족족 다 죽었다

걷고 걸어도 역풍이 불고

동강할미꽃도 빈집도 지리산도 4대강도

되살아난 것은 그 아무 것도 없다

남은 생의 적막강산은 내가 초대한 지옥

나 때문에 죽지 않은 것은

비겁한 나와 나를 닮은 사내들뿐

죽은 열목어와 고라니와 반딧불이

바로 나 때문에 죽은 어머니는

텅 빈 지구 옆구리에 나 같은 나만 남겼다

생각
한
끼

하지 무렵이면 섬진강 노을 바라보다
내 생일이 지난 것도 몰랐네
피안의 어머님께 미역국 한 사발 못 올리고
알알이 물앵두 따먹으며 손꼽아보니
이보시게, 자네는 1만9719일을 살았네 그려

생일상은 고사하고
삼시세끼 제대로 챙겨 먹지 못했으니
먹는다기보다는 그냥 한 끼 때우는 일
찬물에 밥 말아 풋고추와 된장
이따금 라면 국수로 때웠지만
그래도 줄잡아 하루 두 끼
3만9438그릇의 공기밥을 먹었네 그려

시 쓰는 일이나 그대 생각하는 일

날마다 밥을 먹어도 허기지듯이
감감무소식의 숟가락, 쌀 한 톨의 기억들
그 많은 밥은 다 어디로 가고
김제 만경 평야에 홀로 깡마른 몸만 남았을까
열망의 시혼은 자꾸 시들시들
온전히 그대에게 집중하지도 못하고
허겁지겁 생각 한 끼 때우기만 했네 그려

꼬르륵 마른논에 물들어 가는데
이보시게, 자네 영혼의 염전은 언제 다 마를까나

말똥가리 천

세 번째 집을 나갔다
밀렵꾼에게 날개 관통상을 입은
참매보다 크고 독수리보다 작은 말똥가리

서산의 김신환 박사가 수술까지 했지만
더 이상 날 수 없어 새가 아닌 새
안락사 직전에 지리산하 외딴집에 데려왔다
한 마리는 수의 이름으로 살다 죽고
또 한 마리는 천수만의 천의 이름으로
일 년 하고도 꼭 사흘 더 살다가
세 번째 집을 나가 영영 돌아오지 않았다

문경 어룡산에서 청춘의 내가 쏘았던
엽총 산탄이 아니라 공기총 단탄을
무려 29년 만에 천수만에서 맞았다는 사실을

알아챘는지, 시치미 뚝 떼고 있었는지
나에게는 집이었지만 저에겐 지옥
적과의 동침이었을 것이다

남몰래 날개 뼈 근육을 되살린
애인보다 크고 아내보다 작은 말똥가리 천

아직 늦지 않았다면

지리산에 살다보니 서울사람들이 존경스럽다
견디는 일 그 자체는 실로 경이로운 일
서울은 지옥이 아니라
떠나지 않았다면 내 몸이 먼저 지옥이었을 것이다

지리산행은 내 인생에 가장 잘 한 일
하지만 너무 늦은 게 아닌지 몰라
프랑스 파리에 가본들 화가 친구 하나 못 사귀고
몽골 유목민의 딸과 초원의 연애는커녕
아프리카 흑인소녀와 기린처럼 소풍 한번 못 갔으니
도대체 못, 못, 못, 참으로 한심한 대못들

그래도 아직 늦지 않았다면
개마고원 산골아이와 멍석 위에 드러누워
은하수 바라보며 삶은 강냉이 나눠먹고

울란우데 브리야트족 동무와 씨름 한판 해보고
모터사이클 타고 한반도 비포장 길 종주를 해보고

남은 생 그래도 아직 늦지 않았다면
인도 산티아고 티베트가 아니라
냉이 캐는 동네 할머니에게 넙죽 큰 절부터 해야겠다

**밤,
폐
사
지**

그날 밤 죽은 여인의 눈빛을 보았다

폐사지의 천년 삼층석탑 아래 사흘 밤 앉은부처꽃으로
기다리니

이승 저승을 넘나드는 반딧불이 호르르호르르 연초록
혼불이 날아올랐다

폐사지는 적막강산의 청동거울

밤바람이 비밀 일기장을 펼치자 열일곱 살의 처녀가 나
타났다

홀로 와도 홀몸이 아닌 몸, 느티나무 신목 남쪽 가지에
목을 맸다

아랫마을 그 사내의 집을 보며 두 눈 까뒤집고 혓바닥
길게 내밀어도

삼층석탑은 천년토록 두 팔 두 손이 없었다

이틀 전에는 눈동자 다 풀린 남자가 귀향했다

반백의 머리카락만 쥐어뜯더니 느티나무 가지에 남가일
몽의 밧줄을 걸었다

열두 살 봄 소풍 때 노래하던 그 소년, 아랫마을 방앗간
집 아들이었다

삼층석탑은 이승의 출구인가 은하수 건너는 천년 사다
리인가

전국 폐사지를 찾아다니며 입술 부르트도록 도망칠 궁
리만 했다

내가 아는 여자들은 죽어 폐사지의 별이 되었다

단 하나의 천수천안

저 산은 그 어떤 꽃들도 마다하지 않는다
독초도 고슴도치도 멧돼지도 말벌도 살모사도
저 강물은 절대로 분별하지 않는다
천개의 손 천개의 눈을 가졌기 때문

아침 물소리 들으며 피는 얼레지 꽃
그 순간 저 가녀린 연분홍 처녀는
치마를 뒤집어쓰고 온몸 통째로 귀가 된다
봄비 내리면 입이자 혀가 되고
누군가 입산하면 콧구멍을 벌름거린다

나 또한 그런 적이 있었다
밤길 도와 우물가 앵두나무로 다가오면
그녀의 발자국 소리에 온몸 통째로 귀가 되고
첫 키스 할 때 겨우 혀만 살아있었다

단 하루라도 보이지 않으면 노심초사
당산나무 밤 그늘을 떠도는 반딧불이 눈동자

온몸 단 하나의 귀일 때
비로소 천개의 코가 되고 눈이 되고 손이 된다는 것을
아예 몰랐다는 듯이 까맣게 잊고 살았다

아, 사뿐 날아오르는 것들

살아생전 내가 만난 것들은 모두 날개가 있었네

벼랑에서 데려온 새끼 참매의 깃털은 금방 무성해지고

사거리의 짱돌 화염병도 자꾸 날아오르고

첫 사랑의 심장은 헬륨 풍선

첫 키스는 그 얼마나 아찔한 별빛이었나

생각만 해도 공중부양을 하고

사랑이 끝난 뒤에도 반딧불이 날아다녔네

세상에서 가장 무거운 것은 눈물

중력의 발원지는 예나 지금이나 눈물샘이었네

아, 사뿐 날아오르는 것들

어느새 하나 둘 다 놓아준 뒤에

발바닥에 실뿌리 내릴까봐 지리산까지 왔네

안개 속에 갇히고 구름 속에 숨어서

카메라로 사진을 쓰고 시를 찍으며

어릴 적 참매처럼 날아오르고 싶었네

발목에 고무줄이 묶인 줄도 모르고

날개를 펴자마자 지구 한 귀퉁이에 곤두박질치면서

밤마다 별나무를 찾아 나서고

달처럼 인공위성처럼 당신 주변을 맴돌았네

잠시라도 멈추면 혈관이 막힐까봐

끝없이 내달리는 마지막 기마족을 꿈꾸었네

죽는다는 것은 추억마저 급속냉동 시키는 일

지금도 깊고 서늘한 진공의 눈빛

내 몸 구석구석 훨훨 날아다니는 무중력의 당신

청춘 채굴기

내 청춘의 무연탄광은 폐광된 지 오래
연탄장수 선탄부 박씨도 사라지고
이 세상의 광산은 금광뿐
컴퓨터 채굴기에서 황금 비트코인을 캔다

게임하듯이 죽이거나 죽거나
지하 피시방에서 밤새 컵라면을 먹으며
후산부 선산부 흙수저들은 가상현실을 꿈꾸고
금수저는 탈세 비자금을 확신한다

나 또한 그런 날이 있었다
전쟁하듯이 죽거나 다치거나
지하 700미터 막장에서 찬밥을 퍼먹으며
노동해방의 가상현실을 꿈꾸고
밀린 등록금, 금줄 쳐진 문학을 확신했다

3억 광년 별빛이 당도하는 밤
3억 년 전의 고생대 무연탄을 캤다
지구 속 천공에 13개 다이너마이트를 터트렸지만
일당 7300원 그 이상의 별빛은 보이지 않았다

부황 든 낯빛의 월급봉투 받는 날
스물두 살짜리 여상 출신의 경리
긴 생머리 처녀가 주판알 튕기며 힐끗 쳐다보았다
내 청춘의 홍성광업소엔 컴퓨터 채굴기가 없었다

건달예인

건달은 절대로 회칼을 잡지 않는다

젊어서 주먹 꽤나 쓰던 성찬이 형
슬금슬금 생명평화 탁발 순례단을 따라 다니며
스님들 몰래 뒷방에서 술을 마셨다
내사 마 생명이고 평화고 그딴 것 모른다카이
세상에 아구통 날릴 놈들 천지삐까리야
두 눈에 핏발 세우며 칼을 잡았다

결국 맨 주먹의 계율을 어겼지만
칼날은 언제나 밖이 아니라 안쪽이었다
잘 마른 느티나무 감나무의 결을 따라
참회하듯 제 이름부터 새기기 시작했다
낮은 목소리의 안상수 교수가 다가와
다시 칼끝의 길을 물었으니

전라도 순례를 마치자마자
합천의 고향 노모님께 각골난망의 큰절을 올렸다
마을 어르신들의 본명을 부르며
집집마다 육필의 전각 문패를 달아주고
평사리 박경리문학관의 현판까지 새겼다

난생처음 효도한 김성찬 형
칼을 잡았지만 더 이상 양아치가 아니었다

화살기도

공중화장실 벽에 몰래 쓰고
지하다방 커피 잔의 각설탕을 녹이며
티스푼으로 그 이름을 썼다

최루탄 거리에서 온몸 깃발로 혈서를 쓰고
만리포 백사장, 지리산 실상사 허허 눈밭에서
발자국 발자국들을 이어서 쓰고
지리산 둘레길 850리를 걷고 또 걸으며
겨우 모음 하나, 거대한 동그라미 하나 그렸다

비로소 내 이름을 쓴다
산마을 강마을 3만 리를 걸어도
대체 무슨 불립문자인지 도통 알 수 없으니
오프로드 모터사이클을 타고
남원 곡성 구례 하동 섬진강변 달리며

전국 오지의 비포장 길 위에 내 이름을 쓴다
그저 아무런 뜻도 없으려니
산길 둑방길에 처박히고 나자빠지며
자음 ㄱ자에 발목 꺾이고 모음 ㅠ자에 어깨를 다치며

바람 불 때마다 팽팽한 화살기도
단 세 글자 지천명의 길
전국지도 위에 비뚤비뚤 내 이름을 쓴다

후회막급 시인

바이칼 호수에서 한 사나이를 만났다

2002년 민족 시원을 찾아가는 녹색영성순례의 길, 몽골에서 봉고차를 타고 맨 처음 러시아 국경수비대를 열었다 저무는 바이칼에서 기타를 맨 70대 중반의 노신사를 만났는데, 자작나무 껍질 같은 머리카락을 긴 손가락으로 빗어 넘기며 샹송을 불렀다 처음엔 길거리 가수려니 외면하다 러시아 민요 백학을 듣는 순간 찌르르 바이칼 호수의 물고기 오물을 다 토할 뻔했다

집 나온 지 35년 넘었다는 프랑스 국적의 떠돌이가수, 알혼 섬의 물빛 같은 눈빛으로 당당하게 내 노래 더 듣고 싶으면 1달러씩 내라고 했다 맥주 한 잔 건네니 노래를 다 부른 뒤에 마시겠다며 정중히 사양했다 한 곳에 1년 이상 머물지 않고 기타 하나 둘러매고 전세계를 떠도는 노마드, 이따금 원주민 여자와 눈이 맞으면 잠시 신접살림도 차렸지만 절대 아이는 낳지 않았다고, 세상도처 언제나 떠날 준비로 도착하

니 아무 문제가 없었다고, 단 한 번도 후회해본 적이 없다고

그 순간 어금니를 꽉 깨물며 난생 처음 후회했다 기타 하나 제대로 못 치는 텃새, 분단국가의 한국어 시인이 된 것을

동네시인 만세

아직 젊을 때는 몰랐다 몸이
아픈 뒤에야 비로소 야생화가 보였다

도보순례 삼보일배 오체투지 십년 길
마음보다 먼저 결핵성늑막염을 모신 뒤에야
목련 앵두 살구 복사꽃보다
작고 키 낮은 풀꽃들이 보이기 시작했다

한 움큼씩 독한 알약을 털어 넣고
공중화장실 피하며 남몰래 피오줌 싸면서
동강할미 금강초롱 칠보치마 남바람 청노루귀
대대손손 자생하는 야생화를 찾아다녔다
해오라비난초 석란 자란 지네발란 소경불알
꼭 있어야 할 바로 그곳으로 갔다

삼년 기도의 야생화들이 내 몸을 살렸다
도대체 서울에서는 보기 힘든 풀꽃
동네마다 제 빛깔 제 향기 천연기념물의 시인들!

3부

멍하니 녹슨 생각들아
세상사 다 아는 척 무덤덤한 눈빛들아
격외의 병이 깊고 깊구나

그때는 울고 지금은 웃는다
— 격외론 1

한 여인이 자살하러 지리산에 왔다가 그냥 갔다

새끼손톱만한 청노루귀 한 송이 보았을 뿐
서로 아무 말도 하지 않았다

서울에선 죽을 일이 지리산에선 도무지 죽어 마땅한 일
이 아니었다

태양은 절대로 골고루 비추지 않는다
아니고 아니고 또 아닌 것을 알았으니

그때는 울고 지금은 웃는다

눈물이 핑 돌 때까지

— 격외론 2

숨이 붙어 있는 한 불길하다

삼년불비 우불명 三年不飛 又不鳴

일단 입 다물고 살아남아라

그러면 알게 될 것이다

킬킬 웃다가 문득 눈물이 핑 돌 때까지

내 목소리 들어줄 사람이 있을 때 노래하라

먼저 핀 꽃

— 격외론 3

먼저 핀 꽃은 물러설 줄 안다
빛바래 떨어지면서 그 향기 더욱 진하다

옆 나무 옆가지 다른 꽃봉오리들에게
얼씨구, 좋다, 잘한다!
떨어지면서도 한 바퀴 더 추임새를 넣는다

이른 장마에 허허실실 풋 열매 내려놓아도
때가 오면 설중매 저 먼저 꽃을 피운다

세상 모든 길은 그 이후의 일
앞선 사람은 굳이 발자국을 새기지 않는다

팽나무가 웃었다

— 격외론 4

뒷집 할머니는 속이 텅 빈 팽나무

금강혼식 강씨 할아버지 먼저 보내고
아침저녁 감자밭 무덤가에서 섬진강을 보았다

시방도 영감한테 핀지가 와, 죽어도 죽지 않았당게!

좌망의 경지가 따로 있으랴
봄날 오후 팽나무 연초록 양산을 펼치며 웃었다

억새는 새가 아니다

— 격외론 5

물억새들이 일제히 한쪽으로 쏠린다

날아갈 듯 날아갈 듯
차마 제 뿌리를 버릴 수 없다

이 또한 그냥 지나가지 않으리
다만 일제히 한쪽으로만 쏠리는 게 지겨워
물가에서 사방팔방 손사래를 친다

여태 소고삐를 놓지 못했구나

너도 나처럼, 억새는 굳이 새가 아니어서 좋아라

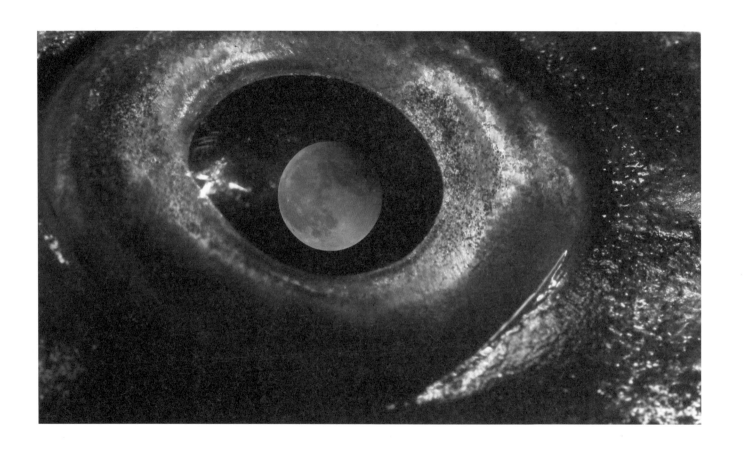

딴마음

—
격
외
론
6

마음아, 몸을 두고 어디에서 헤매느냐
어느 여인 허벅지에 낙지 빨판으로 붙었다가
달의 뒤편으로 얼굴 감추는 마음아

첫 사랑의 두근두근 심장아
참매처럼 날렵하게 짱돌 날리던 거리의 열망아
지금도 기차역 앞 여인숙에 웅크린 청춘아

잠시라도 멈추면 죽을 것 같아
울먹울먹 우울증아 안절부절 못하는 혈압아
불면증아 붉으락푸르락 다중인격아

멍하니 녹슨 생각들아
세상사 다 아는 척 무덤덤한 눈빛들아
격외의 병이 깊고 깊구나

미안하고 고맙다, 저 홀로 떠도는 발자국들아

새

—
격
외
론
7

저 하늘의 새는 아무데나 앉지 않는다

출렁, 제 몸무게를 받아줄지 썩은 가지인지

이따금 나뭇가지에 앉아도 꼭

사냥총에 맞아죽기 좋은 자세로 앉는 새가 있다

당신 뜻대로 하소서, 나 또한 그런 새였다

날
좀
버
려
줘

— 격외론 8

여기는 아직 근친상간 구역이야

조금만 더 가서 날 버려줘

그래야 너도 살고 나도 살아

제발 불가촉천민 취급은 하지 마

그냥 더 멀리 다른 땅으로 가서

가차 없이 날 좀 버려줘

미안해, 지금은 잠시

네 바짓가랑이에 달라붙은

도깨비바늘이야 가막사리야 도꼬마리야

쓰레기 고고학

— 격외론 9

내내 헛배만 불렀다

바다거북이 콧구멍에 박힌 빨대스틱

향고래 배 속에 코카콜라 롯데 칠성사이다

쓰레기 고고학은 지금 이 순간

성장촉진제 범벅의 닭 콩나물 슈퍼과일

아이들은 웃자라기만 했다

아파트 분리수거함은 날마다

누가 무슨 짓을 했는지 다 알고 있다

패총 같은 추억거리도 없이

별 볼 일 없는 지구별이 풍선처럼 빵빵해졌다

신종 암세포들이 우주여행을 시작했다

쓰레기는 쓰레기들끼리 미래를 도모한다

설마

심심한 지구도 가끔씩 딸꾹질을 한다

마린시티 타워팰리스
롯데타워 원월드트레이드 센터
부르즈칼리파 원자력발전소

바벨탑들이 자꾸 코털을 건드리자
재채기를 했다
어쩌다 겨우 트림 한번 했을 뿐인데
지구의 옆구리가 터지고
난바다가 쓰나미 정문을 열었다

신고리 원자력발전소 앞에서
세계 최고의 내진설계 건축가가 말했다
설마, 설마舌魔

지구가 설사에 방귀까지 뀌겠어요?

사랑의 안락사

—
격
외
론
11

봄날 꽃피는 모터사이클 타고

실상사 작은학교에 시를 가르치러 가는 길

마주오던 봉고차가 까치 한 마리를 치고 말았다

한길에 차를 세운 그 사내

아스팔트 위에서 파닥거리는 까치를 잡더니

다짜고짜 패대기 또 패대기를 쳤다

까치인가 아내인가

아침부터 재수 옴 붙었다는 듯이

청보리 밭으로 휙 집어던지는 것이었다

나 또한 함부로 땅바닥에 패대기를 치고

나 또한 마구 처박히던 날이 있었다

이승의 마지막 애인인가 까치인가

잠시 경악하다 온 우주가 조용해졌다

사랑의 신심명

― 격외론 12

그러다 망한다

맨 처음 그날의 눈빛

커피 스푼 떨리던 그 손길만 생각하며

권태의 나이테만 헤아리다 다 망친다

온몸 찌르르 첫 사랑에 집착하며

사랑을 구걸할수록 여지없이 깨지는 거울

한 조각만으로 어찌 서로 알아볼 수 있을까

그래도 한때의 거친 숨결로 침대는 삐걱거리고

불타는 눈빛 그 검은 그을음으로

한 지붕 서까래들은 아직도 건재하다

하지 마라, 마라, 잔소리 대신

할 수 있으면 차라리 죄라도 지어라

죽니 사니 발광해도 눈시울 촉촉할 때 있으니

굳이 다른 나무에서 새를 찾지 마라

너는 내가 아니어도 나는 너의 새

이를 아는 순간 다시 밥상 차릴 것이니

첫 마음도 출렁, 이혼도장에 새싹 돋을 것이니

불알은 불의 알인가 불안한 알인가

불알은 다 같은 불알인데 개불알꽃과 개불알풀은 엄연히 다르다 개불알꽃은 꽃모양이 마치 개의 불알 같아 붙여진 이름으로 요강꽃, 복주머니란이라 부르기도 하는데, 개불알풀은 연보랏빛 꽃모양이 아니라 그보다 더 작은 열매가 마치 개의 불알 같아서 생긴 이름이다 개불알풀의 서양이름은 새의 눈birds eye, 한자이름은 무더기로 피는 땅 위의 비단이라는 뜻의 큰지금地錦, 생약명은 파파납婆婆納이니 참으로 운치가 있다 그런데 하필이면 왜놈들이 지은 이름 개불알풀, 이 작고 어여쁜 꽃을 보며 개불알, 개불알 부르기도 참 거시기하여 그 이름도 고운 봄까치 꽃으로 고쳐 부르기로 했다지만

봄까치 꽃이여, 아직 개불알의 본 모습을 다 감추지는 못했구나

일생 개처럼 불알 두 쪽 덜렁거리는 나여, 봄까치인 척하는 남자 시인이여 젖은 땅바닥에 배를 깔고 참회의 쟁기질부터 해야겠다 불알이 다 빠지도록 엎드려 숨을 멈추고 자세히 들여다봐야 겨우 보이는 봄날 맨 처음의 개불알풀 꽃, 오체투지의 자세가 아니라면 어찌 그 여린 꽃, 그 작은 개불알 같은 열매가 보일까 참회도 없이 어찌 파랑새의 눈이 보이고, 연청보라 비단꽃과 꽃대궐의 자궁이 제대로 보일까 나쁜 피 나쁜 남자들의 불의 알, 불안한 알을 마치 제 것인 양 덜렁거리는 어쩌다 중독된 여자여, 너도 나처럼 네발로 기어다녀야겠다 낮은 포복으로 묵정밭을 갈아야겠다 이 땅의 마초들이여, 재너머 사래 긴 밭을 언제 다 갈아엎겠느뇨

미투#MeToo 뉴스를 볼 때마다 자주 옛 사랑의 오금이 저렸다

4부

푹신한 낙엽요를 깔고 함박눈 이불을
눈썹까지 끌어올리던 지리산 화개동천의 새벽
팔베개는 지상의 가장 아름다운 선물이었다

각서

살다보면 신체포기 각서를 쓸 날도 있으리
혼인신고서 또한 크게 다를 바 없지만
각서는 일종의 진통제 혹은 항우울제 아닌가

나 또한 아주 오래 전에
일박이일 취재했지만 절대 그런 적 없노라
유명 소설가에게 오리발 각서를 쓰고
또 어느 출판사 망한 시인에게
더 늦게 출판사 망한 시인 대신 갚겠노라
지불이행각서의 도장도 찍어봤지만
뜨거운 아스팔트 도로 위에서
지렁이는 또 무슨 각서를 쓰는가

밤 열한 시의 선유동계곡
먼저 귓구멍을 씻고 목욕재계 하려는데

별똥별 하나
각서의 마지막 획을 그으며 막 입산하고 있었다

외딴집

백운산 아래 빈집 아궁이
캄캄한 자궁에 군불을 지핀다

젖은 매화나무가 슬슬 콧김을 내뿜으면
구들장 밑의 고래 한 마리
불고래 방고래 삼년 만에 불춤을 춘다

백매는 하얀 연기
청매는 푸른 연기
홍매는 붉은 연기
연기들이 거품 물고 거짓말을 한다
소나무는 솔향기, 밤나무는 밤꽃향기
코맹맹이소리로 진심이냐 묻는다

그러거나 말거나 아랫목의 꽃잠

외딴집 흙벽에 운우지정의 매화 꽃망울 터진다

얼음새꽃

그녀는 오전 11시5분쯤 겨우 일어난다
한겨울 햇살의 환한 알약을 삼키며
잠시 눈을 뜨고 무슨 말을 할 듯 말 듯
황금 술잔을 내밀다가
오후 3시부터 슬그머니 혀를 말아넣는다

겨울밤 저 홀로 덜덜 떨면서
온몸의 미열로 허위허위 눈밭을 열어젖히더니
틀니 낀 입술을 꽉 오므리며
다시 언 땅바닥에 20시간의 잠을 청한다

문경병원 해소 천식의 어머니
막내야 네가 왔구나, 틀니 환하게 웃다가
노란 알약에 취해 하루 종일 잠만 잤다
살아생전 새벽부터 자정까지 일만 하더니

칼바람 홑이불을 덮어쓰고 21년째 누워있다

늦잠꾸러기 복수초, 이제 그만 일어나셔야지요

사
이
버
제
삿
날

별 하나가 나를 노려보고 있다

밤낮 없이 두렵다 우산을 써야 한다

현관문 지하도를 빠져나오거나 차에서 내릴 때

저 별의 레이저 같은 눈초리

다시 우산을 바꿔 써야만 한다

마음만 먹으면 그 누구나 감시하는

인공위성, 저 무인 카메라의 눈동자

지리산하 외딴집에서 인터넷 지도를 열고

동짓달 열여드렛날의 위성사진을 본다

어머니 제삿날에 고향도 못가고

대한민국, 경북 문경군 마성면 신현리 303번지

고모산성 주변을 탐색한다

줌이다 참매의 눈빛 아아, 화살 눈의 줌이다

고모산성 옆의 사과밭이 나오고

상하 좌우 확대 또 확대 그 옆으로 오솔길

드디어 희미한 두 봉우리 젖무덤

어머니 아버지 누워계신 산소가 보인다

컴퓨터 밝은 쪽창을 열어둔 채

촛불 켜고 향 피우며 조촐한 제사상 차린다

소주 한 잔에 담배 한 대, 큰절 올린다

위성사진 스카이뷰의 너무나 친절한 무덤 앞에

나 또한 인공위성의 눈빛이 되어

다시 한 번 불효막심한 절을 올린다

저 별들 중에서 어머니가 내려다보고 있다

밤낮 없이 두렵지만 오늘은 잠시 우산을 접는다

김광석

감나무 때문에 절교를 선언했다

섬진강변 용두리에 가수 김광석과 이름이 같지만 키가 훨씬 더 큰 총각이 살았는데, 가난하고 외롭고 누추한 두 사내가 만나 앞 여울 은어를 잡아 소주를 마시고, 술김에 읍내 단란주점까지 진출했다가 바가지를 쓰고, 한겨울 오밤중에 대나무 몽둥이를 들고 강변 갈대밭에 꿩 잡으러 나갔다

머리 나쁜 꿩의 눈에 갑자기 플래시를 비추면 날기는커녕 고개 처박을 때 후려치면 된다는 광석이 말만 믿고 밤새 살금살금 갈대밭을 헤매는데 아따 거시기, 다 워디로 갔으까 이 머리 긁적이던 광석이가 대나무 몽둥이로 가나다라 백사장에 못다 배운 한글을 쓰다 말았다

며칠 뒤 골목길에서 마주친 광석이가 형, 내는 올 겨울 장작 다 해부렀당게요 너무 부러워 따라나섰더니 앞마당이

휜했다 백년도 더 된 감나무는 사라지고, 까치집이고 뭐고 엔진 톱으로 싹 잘라서 토막토막 장작을 패놓은 것이었다

에라이 나쁜 새끼, 다시는 보지말자며 광석이 홀어머니 앞에서 마음 깊이 절교를 선언했다 그리고 며칠 뒤에 피아골로 이사했으니, 김광석의 노래 '서른 즈음에'를 들을 때마다 보고 싶은 광석이는, 아직도 이 사실을 모를 것이다

대리모

이른 봄 햇살 한 줌 아까우면
농사꾼이 다 된 것이다
거미줄의 아침이슬 한 방울 안타까우면
외할머니 다 된 것이다

도심 아파트에서 자다 일어나
자주 고향 별빛이 그리웁고
겨울산 북사면의 흰 노루귀가 눈에 밟히면
그는 이미 세속도시에서 멀어진 사람
제대로 실패할 준비가 다 되었다

벌써 오래 전에 지구는 망쳤지만
아직 망해보지 않은 사람은 모른다
패자부활은 졌지만 결코 지지 않은 자의 것
감나무에 까치밥 몇 개 남길 줄 알면

김남주 시인의 조선의 마음
살가운 촌놈촌년이 다 된 것이다

예저기 지구 사막의 대리모들
어치계곡 백학동의 빈집 텃밭에서
녹슨 호미 들고 배추씨 세 개를 심고 있다

솔바람 태교

소나무는 과연 소나무였으니
아이 없는 부부는 뱀사골 천년송을 찾아왔다
한지에 밥을 싸와 천년송 밑에 묻고
왼 새끼줄을 꼬아 세 바퀴 두르고
세 군데 동동주를 뿌리는 치성을 들였다

어느새 달은 부풀고 아랫배는 둥글어
뱀사골 와운마을 지리산 천년송
솔솔 솔바람이 이는 날이면
신록의 딸이여, 용비늘의 아들이여
산모들이 찾아와 솔바람 태교를 하는데

나는 여태 아이 하나 배지 못했으니
송운松韻을 언제 다 받아 적으랴
석녀의 몸을 솔잎으로 콕콕 찌르며
졸시 한 편 부여잡고 솔바람 퇴고를 한다

지
리
산
팔
베
개

그런 날이 있었다

심심산중에서 길을 잃어도

산비탈에 구르고 벼랑의 나뭇가지 부러져도

도무지 죽지 않을 것 같은 그런 날이 있었다

칡덤불 다래덤불이 내 몸을 받아주고

바위 솔이끼가 푸른 요를 깔고

신갈나무 가지들이 두 손을 내밀어

반달곰의 신혼방 같은 석실로 안내하던

죽어도 죽을 수 없는 그런 저녁이 있었다

이따금 생의 패가 풀리지 않아

꺼억꺽 목울대를 조르다 잠이 들면

노고단 마고할미가 유장한 능선의 왼팔을 내밀어

스리슬쩍 팔베개 해주던 그런 밤이 있었다

푹신한 낙엽요를 깔고 함박눈 이불을

눈썹까지 끌어올리던 지리산 화개동천의 새벽

팔베개는 지상의 가장 아름다운 선물이었다

그리하여 나 또한 마구 뛰는 심장을 맷돌로 누르고

저린 팔 그대로 코끝에 침을 바르며

단 하룻밤만이라도 당신의 곤한 잠을 지켜주고 싶었다

방
외
인

나는 대한민국에서 두 번째 생을 살고 있다

2003년에 새 주민등록번호를 받았으니
나도
국가도 몰랐다
호적 원본과 생년월일이 다르다는 것을

후배의 글에 댓글 달았다가
시인출신 정치인에게 난생 처음 고소를 당했다
피고인으로 순천지검 조사를 받는데
종생불변 만인부동의 지문
나의 열 손가락 지문이 등록돼 있지 않았다

대한민국 인식불가의 사내 하나
원통하다, 15년 완전범죄의 기회를 놓쳤다

나 는 칠 불 사 로 간 다

살다 지쳐 입술 깨물어도 갈 곳이 없었지요

머리 풀고 대성통곡 하고파도 올 곳조차 없었지요

도대체 내 마음도 내 맘 같지 않은 날

섬진강 물안개가 눈썹까지 차오르면

오리무중의 나를 만나러 칠불사 영지를 찾아갑니다

굽이굽이 삼십 리 벚꽃 길 따라

지리산 반야봉 토끼봉의 혈 자리

동국제일선원 계단 아래 늙은 호두나무 뵈러갑니다

안개 몰려와도 이미 안개 너머 피안의 집

구름 몰려와도 이미 구름 위의 그 절집

운상선원 벽안당 아자방을 찾아갑니다

너무 가까워 오히려 잘 안 보이는 두 눈썹을 보려고

칠불사 영지 맑은 물에 내 얼굴을 들이밀었지요

황달 얼굴에 백태 낀 낯선 눈동자

무릎 꿇고 밤새 부엉이처럼 울다보니

이미 내가 아닌 나마저 사라지고

천 년 또 천 년 전의 한 여인

그녀의 간절한 눈빛이 슬슬 보이기 시작했습니다

아자방 창문 너머 오래 들여다보니

좌불안석의 병든 짐승 한 마리 누워 있더니

이미 내가 아닌 나마저 사라지고

슬그머니 흰 소 한 마리가 나를 보았지요

선미선약仙味仙藥이라 천년의 젖샘물로

전통 발효차를 우려내니

찻잔 속엔 봄의 기억들이 가을빛으로 피어나고

문득 금강산 마하연이 떠올랐지요

마시고 또 마시니 아랫배 아래 단전에서

지리산이 우는 듯 거문고 소리

야생 멧돼지들도 내려와 달빛 춤을 추었습니다

칠불사 영지에 떠오르는

희노애락애오욕 칠정의 서로 다른 얼굴들

나는야 일곱 개의 얼굴로 칠불사에 갑니다

지리산 옛길

— 화개동천 신흥~의신 십리 길

살다 지쳐 자주 팍팍한 날이면 세상사 낡은 외투 훌훌 벗어던지고 화개동천 지리산 옛길로 가자 세이암 맑은 물에 두 귀를 씻고, 연초록 산바람에 백태 낀 눈동자를 헹구자 저마다 외로운 구름처럼 한 마리 보리은어의 첫 마음으로 거슬러 오르자

아직 어린 새색시 첩첩 울며 시집오고, 의신마을 코흘리개들 가갸거겨 배고픈 쇠점재, 저 홀로 버림받은 여인도 아랫도리 후덜덜 화개장터 소금장수도 어금니 꽉 깨물고 넘던 사지넘이고개, 날마다 서산대사는 입산출가의 자세로 오가고, 비운의 혁명가 화산 선생은 빗점골로 들어가 죽어서야 돌아왔다

살다 지쳐 자주 침침한 날이면 저잣거리 빛바랜 안경을 벗어던지자 감감바위 아래 그 무거운 봇짐일랑 내려놓고, 금낭화 피면 그 옆에 쪼그려 앉아 그냥 금낭화가 되자 산나물 조금 안다고 뜯지도 캐지도 말고, 박새 초오 지리강활 동의나물, 여차하면 독이 되는 오욕의 풀일랑 키우지 말고, 그저 가만가만 보리은어의 눈빛으로 착한 다람쥐꼬리처럼 따숩게 두 손을 잡자

그래도 못다 한 속울음이 남았다면 벽소령 희푸른 달빛을 보며 대성폭포처럼 그예 대성통곡을 하자 그리고 돌이끼처럼 다시는 울지 말자 그 누구라도 외로운 산신령, 서러운 신선, 온종일 의신동천 물소리로 내장을 헹구러 가자 모세혈관마다 연초록 바람이 이는 지리산 옛길로 가자

그
얼
마
나

병원에서 폐암말기를 선고 받아봐야
아프지 않은 날들이 그 얼마나 다행인지
지리산 어느 골짜기로 사라질까 홀로 고민하다
폐암말기가 아니라 결핵성 늑막염
아홉 달만 약 먹으면 살 수 있다는 말을 들어봐야
치료가능한 병은 병도 아니라 것을 절감하고
댓글 하나로 선거법 위반 고소를 당해봐야
법 없이 살아온 날들이 그 얼마나 한심했는지
벌금을 내고 전과자가 되거나
문인간첩 기자간첩단으로 엮일 뻔해봐야
옥사하거나 무기징역 사형선고를 받은
독립투사 민주열사들의 어금니를 겨우 알게 되고
먼저 죽은 친구의 문상을 가봐야
아직 살아남은 날들이 그 얼마나 복에 겨운지
언제나 행복의 바탕화면은 불행이지만

눈보라 속에 핀 복수초 꽃을 직접 봐야
군불 지피는 저녁이 그 얼마나 눈물겨운지

영지 影池

세상의 모든 나무는 거꾸로 자라고

나무에 오른 금붕어 한 마리

일필휘지의 글씨를 쓴다

도무지 그 뜻을 몰라

돌아서서 머리 처박고 가랑이 사이로 바라보니

나무는 다시 직립의 자세를 취하고

나는야 피가 쏠려 고꾸라지는데

내 영혼의 거울 속에서

마치 전생의 얼굴이라도 본 듯

울지 마라, 돌아가라 불립문자를 읽은 듯

칠불사 영지에 다녀오면

한 사나흘 탁한 피가 다 맑아지고

오후시선 03

그대 불면의 눈꺼풀이여

ⓒ 이원규 2019

초판1쇄 발행 2019년 6월 5일
초판2쇄 발행 2019년 7월 5일
초판3쇄 발행 2019년 8월 22일
초판4쇄 발행 2019년 10월 15일

시 · 사진 이원규
기획   김길녀
펴낸이   이대현
책임편집 이태곤
편집   권분옥 문선희 백초혜
디자인   안혜진 최선주
마케팅   박태훈 안현진

ISBN   979-11-6244-396-5 04810
       979-11-6244-304-0 (세트)

펴낸곳   도서출판 역락
출판등록 1999년 4월 19일 제303-2002-000014호
주소   서울시 서초구 동광로 46길 6-6 문창빌딩 2층 (우06589)
전화   02-3409-2058
팩스   02-3409-2059
홈페이지 http://www.youkrackbooks.com
이메일   youkrack@hanmail.net

「이 도서의 국립중앙도서관 출판예정도서목록(CIP)은 서지정보유통지원시스템 홈페이지(http://seoji.nl.go.kr)와 국가자료종합목록시스템(http://kolis-net.nl.go.kr)에서 이용하실 수 있습니다. (CIP제어번호 : CIP2019019389)」